W0316441

GÉRARD DE VILLIERS

SAS

MISSION : CUBA

SCÉNARIO : MARTIN EDEN
D'APRÈS L'ŒUVRE DE GÉRARD DE VILLIERS

DESSIN : ANDREA MUTTI

COULEUR : LUCA MALISAN

COUVERTURE : KEITH GARVEY

© 2007 Éditions Gérard De Villiers / Éditions Glénat - B.P. 177 - 38008 Grenoble Cedex
Tous droits réservés pour tous pays.
Dépôt légal : juin 2007
ISBN: 978-2-7234-5982-2
Achevé d'imprimer en France en juin 2007 par Pollina. L21032A

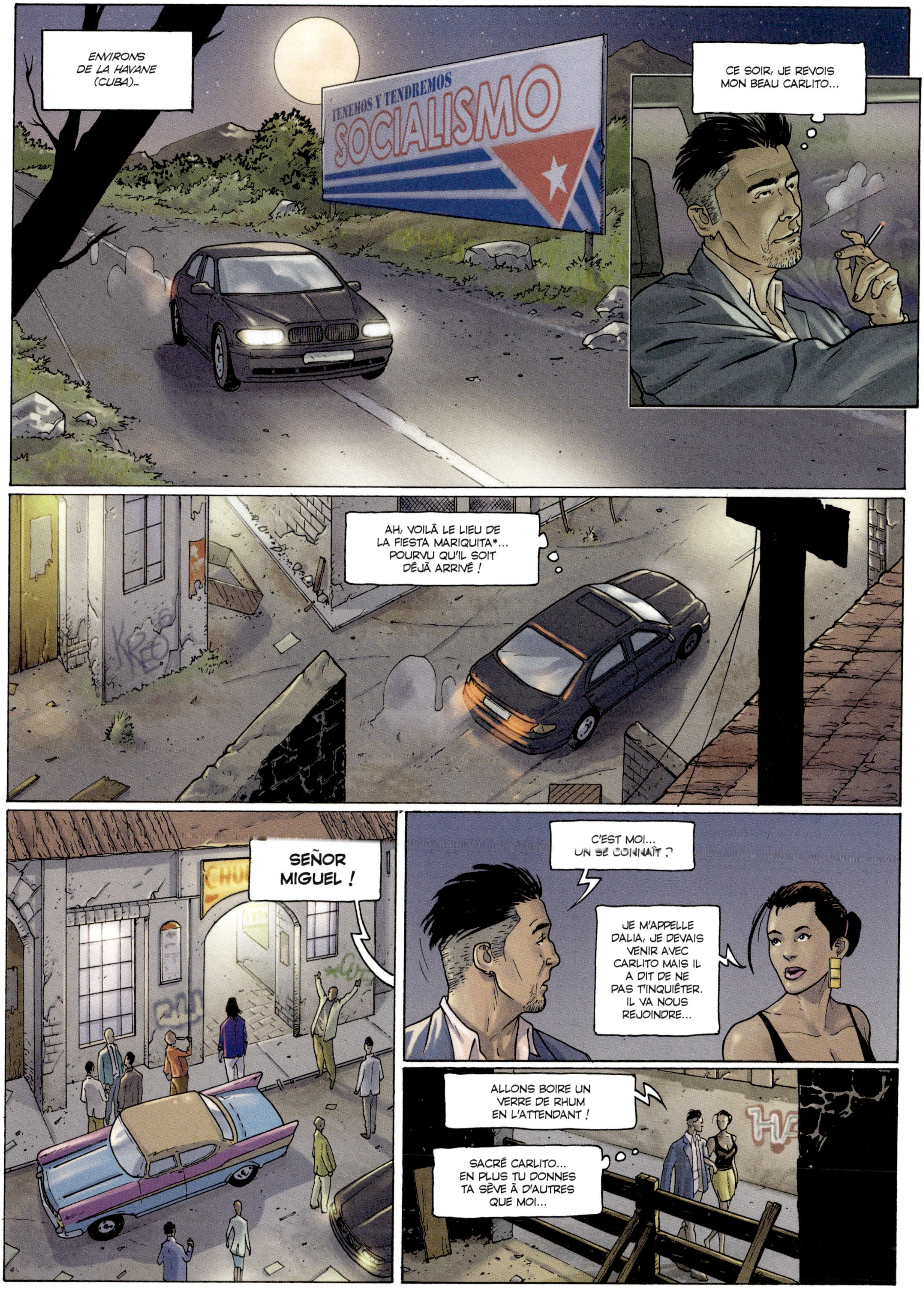

* HOMOSEXUELLE...

DALIA, TU AS DE BEAUX SILICONES...
MAIS CE NE SONT PAS DES SILICONES ! JE SUIS UNE FEMME !!...
HOLA MIGUEL ! QUE TAL ?
HOLA BASILIO...
DALIA... ON DIRAIT QUE MON AMI BASILIO TE PLAÎT BIEN...
QUAND JE VOIS UNE PINE AUSSI LONGUE ET GROSSE, J'EN AI L'EAU À LA BOUCHE...
VENEZ...
MHMMM...

IL DOIT PENSER QUE C'EST UN TRAVELO...
TU DEVRAIS LA LUI METTRE. IL A UN BEAU PETIT CUL... BIEN SERRÉ...
RAHHHH...
CAMBRE-TOI BIEN, PETITE SALOPE !
MIGUEL ! JE TE TROUVE ENFIN !!
CARLITO, VIENS NOUS REJOINDRE !
JE PRÉFÉRERAIS QUE L'ON AILLE CHEZ TOI...
AVEC PLAISIR, MON BEAU CARLITO...

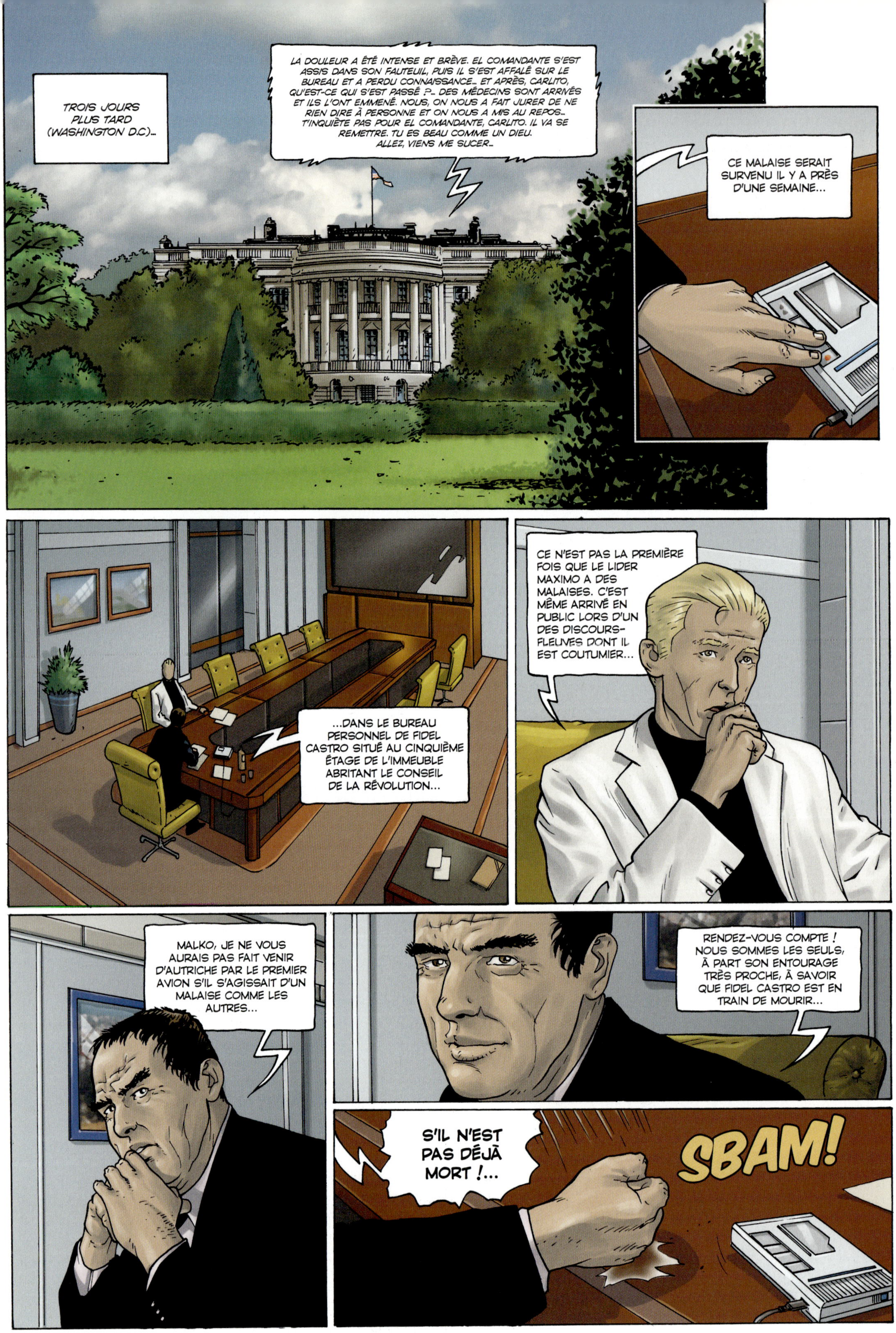
TROIS JOURS PLUS TARD (WASHINGTON D.C)...
LA DOULEUR A ÉTÉ INTENSE ET BRÈVE. EL COMANDANTE S'EST ASSIS DANS SON FAUTEUIL, PUIS IL S'EST AFFALÉ SUR LE BUREAU ET A PERDU CONNAISSANCE... ET APRÈS, CARLITO, QU'EST-CE QUI S'EST PASSÉ ?... DES MÉDECINS SONT ARRIVÉS ET ILS L'ONT EMMENÉ. NOUS, ON NOUS A FAIT JURER DE NE RIEN DIRE À PERSONNE ET ON NOUS A MIS AU REPOS... T'INQUIÈTE PAS POUR EL COMANDANTE, CARLITO. IL VA SE REMETTRE. TU ES BEAU COMME UN DIEU. ALLEZ, VIENS ME SUCER...
CE MALAISE SERAIT SURVENU IL Y A PRÈS D'UNE SEMAINE...
...DANS LE BUREAU PERSONNEL DE FIDEL CASTRO SITUÉ AU CINQUIÈME ÉTAGE DE L'IMMEUBLE ABRITANT LE CONSEIL DE LA RÉVOLUTION...
CE N'EST PAS LA PREMIÈRE FOIS QUE LE LIDER MAXIMO A DES MALAISES. C'EST MÊME ARRIVÉ EN PUBLIC LORS D'UN DES DISCOURS-FLEUVES DONT IL EST COUTUMIER...
MALKO, JE NE VOUS AURAIS PAS FAIT VENIR D'AUTRICHE PAR LE PREMIER AVION S'IL S'AGISSAIT D'UN MALAISE COMME LES AUTRES...
RENDEZ-VOUS COMPTE ! NOUS SOMMES LES SEULS, À PART SON ENTOURAGE TRÈS PROCHE, À SAVOIR QUE FIDEL CASTRO EST EN TRAIN DE MOURIR...
S'IL N'EST PAS DÉJÀ MORT !...
SBAM!

* CHEF D'ANTENNE DE LA CIA.

* SORS D'ICI !

* * "TRAÎTRES" DANS LA TERMINOLOGIE CASTRISTE.

* RESTAURANT SEMI-PRIVÉ À CUBA...
** DIRECTION GÉNÉRALE DE LA SÉCURITÉ DE L'ÉTAT...

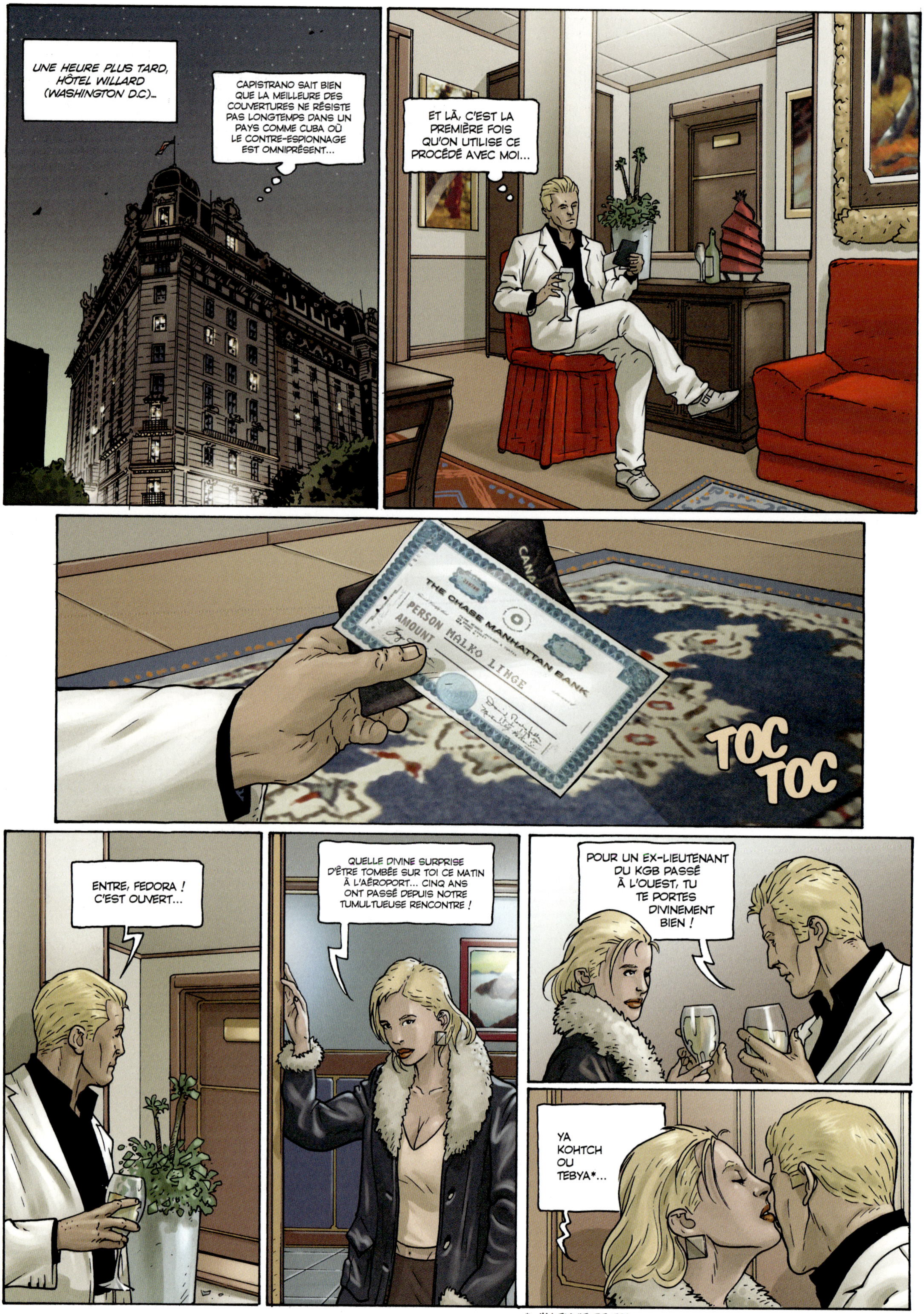

* J'AI ENVIE DE TOI...

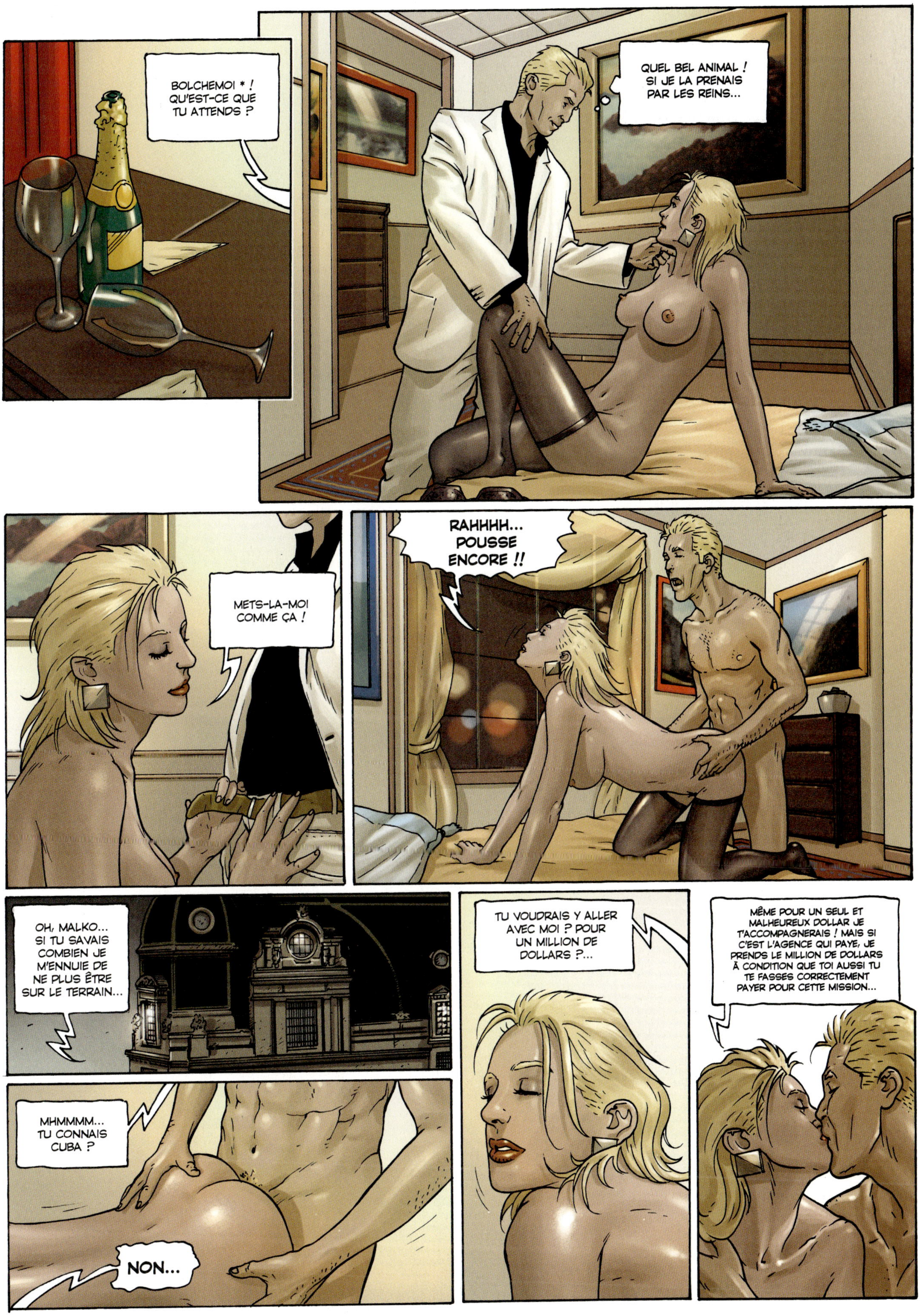
BOLCHEMOI * ! QU'EST-CE QUE TU ATTENDS ?
QUEL BEL ANIMAL ! SI JE LA PRENAIS PAR LES REINS...
METS-LA-MOI COMME ÇA !
RAHHHH... POUSSE ENCORE !!
OH, MALKO... SI TU SAVAIS COMBIEN JE M'ENNUIE DE NE PLUS ÊTRE SUR LE TERRAIN...
MHMMMM... TU CONNAIS CUBA ?
NON...
TU VOUDRAIS Y ALLER AVEC MOI ? POUR UN MILLION DE DOLLARS ?...
MÊME POUR UN SEUL ET MALHEUREUX DOLLAR JE T'ACCOMPAGNERAIS ! MAIS SI C'EST L'AGENCE QUI PAYE, JE PRENDS LE MILLION DE DOLLARS À CONDITION QUE TOI AUSSI TU TE FASSES CORRECTEMENT PAYER POUR CETTE MISSION...

* BON DIEU !

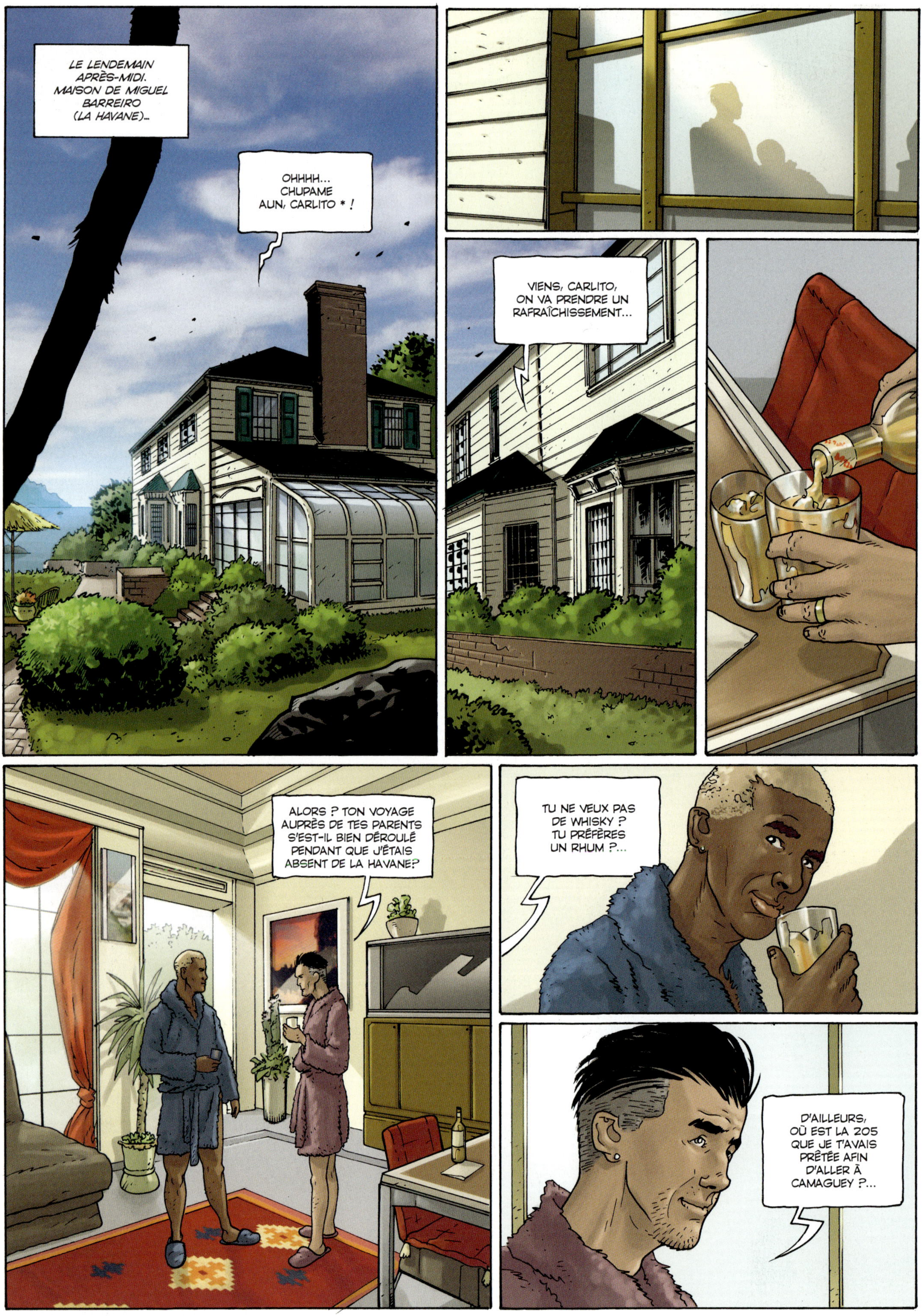

* OHHHH... SUCE-MOI ENCORE, CARLITO !

MIGUEL... LA 205 JE NE L'AI PLUS !
QUOI ???...
JE SUIS PARTI AVEC MON ONCLE QUI EST BOUCHER. QUAND IL A SU QU'ON Y ALLAIT EN VOITURE, IL A PROPOSÉ DE VOLER UNE VACHE LÀ-BAS ET...
ET VOUS L'AVEZ ABATTUE AFIN D'EN RAPPORTER LES MEILLEURS MORCEAUX À LA HAVANE ! MAIS VOUS ÊTES FOUS !! ET MA VOITURE, ALORS ?...
NOUS NOUS SOMMES FAIT ARRÊTER À UN BARRAGE DE LA POLICIA ESPECIAL EN ARRIVANT À LA HAVANE. ON A ESSAYÉ DE DISCUTER MAIS ILS N'ONT RIEN VOULU SAVOIR. ON LES A DONC ASSOMMÉS ET ON S'EST ENFUIS...
MA... MA VOITURE REMPLIE DE VIANDE DE CONTREBANDE EST DONC ENTRE LES MAINS DE LA POLICE !!...
OUI, MAIS COMME TU ÉTAIS EN VOYAGE À L'ÉTRANGER TU PEUX DIRE QU'ON TE L'A VOLÉE PENDANT TON ABSENCE...
S'ILS M'AVAIENT ARRÊTÉ J'EN AURAIS PRIS POUR 15 ANS DE PRISON. EL COMANDANTE EST TRÈS STRICT SUR LES PROBLÈMES DE RAVITAILLEMENT...
TU L'AS REVU ?...
NON ! EL COMANDANTE EST TRÈS MALADE. IL N'EST PAS SORTI DE LA CHAMBRE DE SA CLINIQUE PRIVÉE ET SON FRÈRE RAUL VIENT LE VOIR TOUS LES JOURS...
JE SUIS TRÈS TRISTE POUR LUI. MON CHEF M'A DIT QUE C'ÉTAIT TRÈS GRAVE : IL NE PARLE PLUS, IL EST TOUT RAIDE...
NE T'INQUIÈTE PAS, IL VA SE REMETTRE...
IL FAUT QUE J'INFORME LEE DICKSON QUE CASTRO A EU UNE ATTAQUE CÉRÉBRALE !
BON, JE CROIS QUE C'EST PLUS PRUDENT POUR NOUS DEUX SI CE SOIR JE DORS CHEZ MON AMIE DALIA...

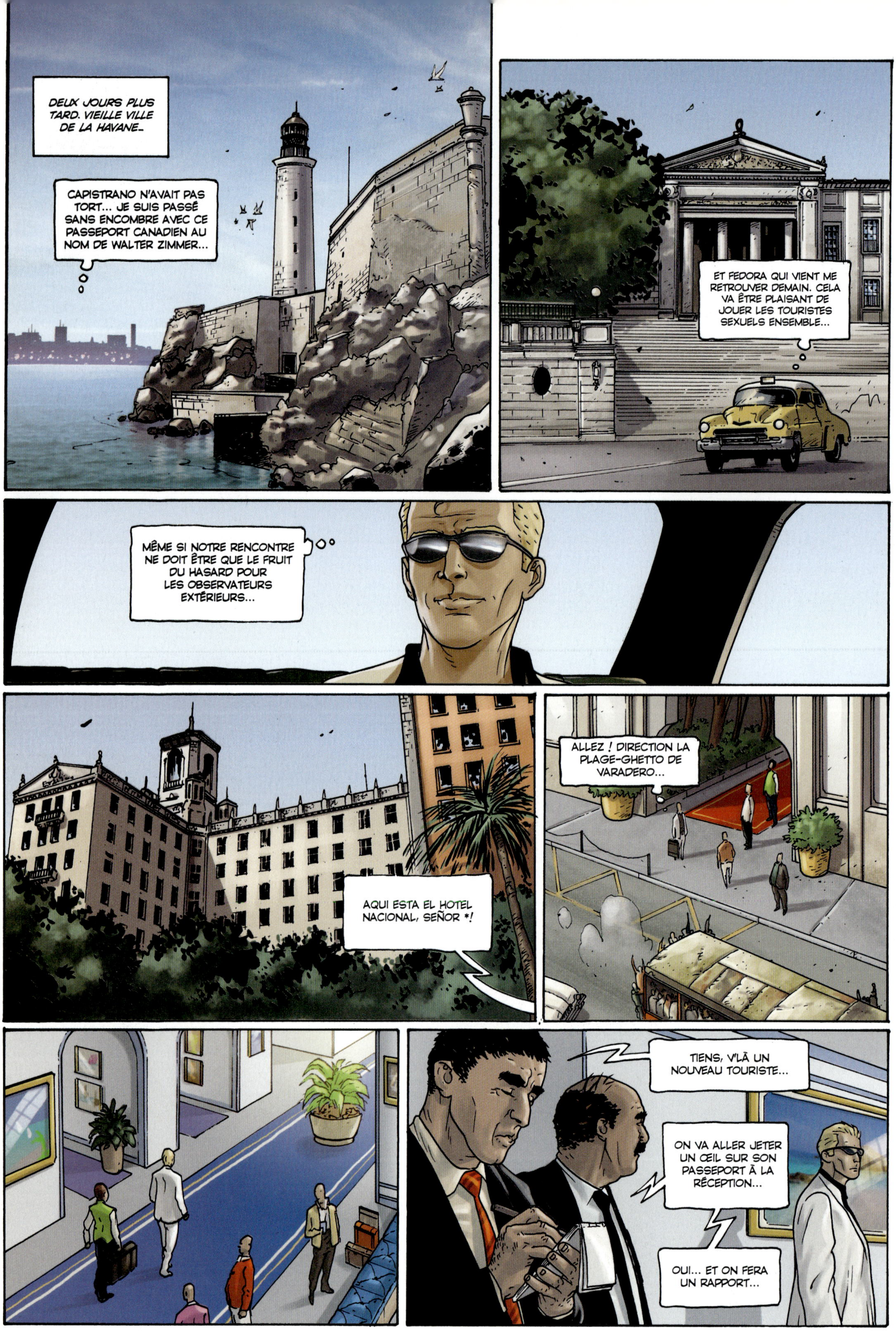

* VOICI L'HÔTEL NATIONAL, MONSIEUR !

* BONJOUR !

** VOUS NE VENEZ PAS VOUS BAIGNER ?

* MON LAPIN...
** MON CHEVAL...

* ALLEZ, "VER DE TERRE" ! (SURNOM DONNÉ PAR LES CASTRISTES À TOUT OPPOSANT AU RÉGIME)

QUELQUES HEURES PLUS TÔT. SOUS-SOLS DE LA VILLA MARISTA. .
IL A AVOUÉ ?
CLARO QUE SI ! D'APRÈS LUI, C'EST SON MARICON D'ONCLE QUI A TUÉ NOS DEUX COLLÈGUES DE LA POLICIA ESPECIAL. . .
JE CROIS QU'IL A DIT LA VÉRITÉ. DÉSORMAIS IL EST À VOUS, MON GÉNÉRAL...
IL A L'AIR MAL EN POINT !
IL N'A PAS DIT UN MOT DEPUIS HIER. JE CROIS QU'ON LUI A UN PEU TROP TAPÉ SUR LA TÊTE...
SI VOUS LE SOUHAITEZ, ON PEUT LE TRANSFÉRER DANS UNE AUTRE CELLULE ET LE FAIRE PASSER EN JUGEMENT. AVEC UN BON AVOCAT, IL N'EN PRENDRA QUE POUR 20 ANS...
CE MAKUMÉ* NE MÉRITE QUE LA MORT...
BANG
LIEUTENANT, FAITES UN RAPPORT DE TENTATIVE DE FUITE ET RENDEZ LE CORPS À LA FAMILLE, SI IL EN A UNE...

* HOMOSEXUEL.

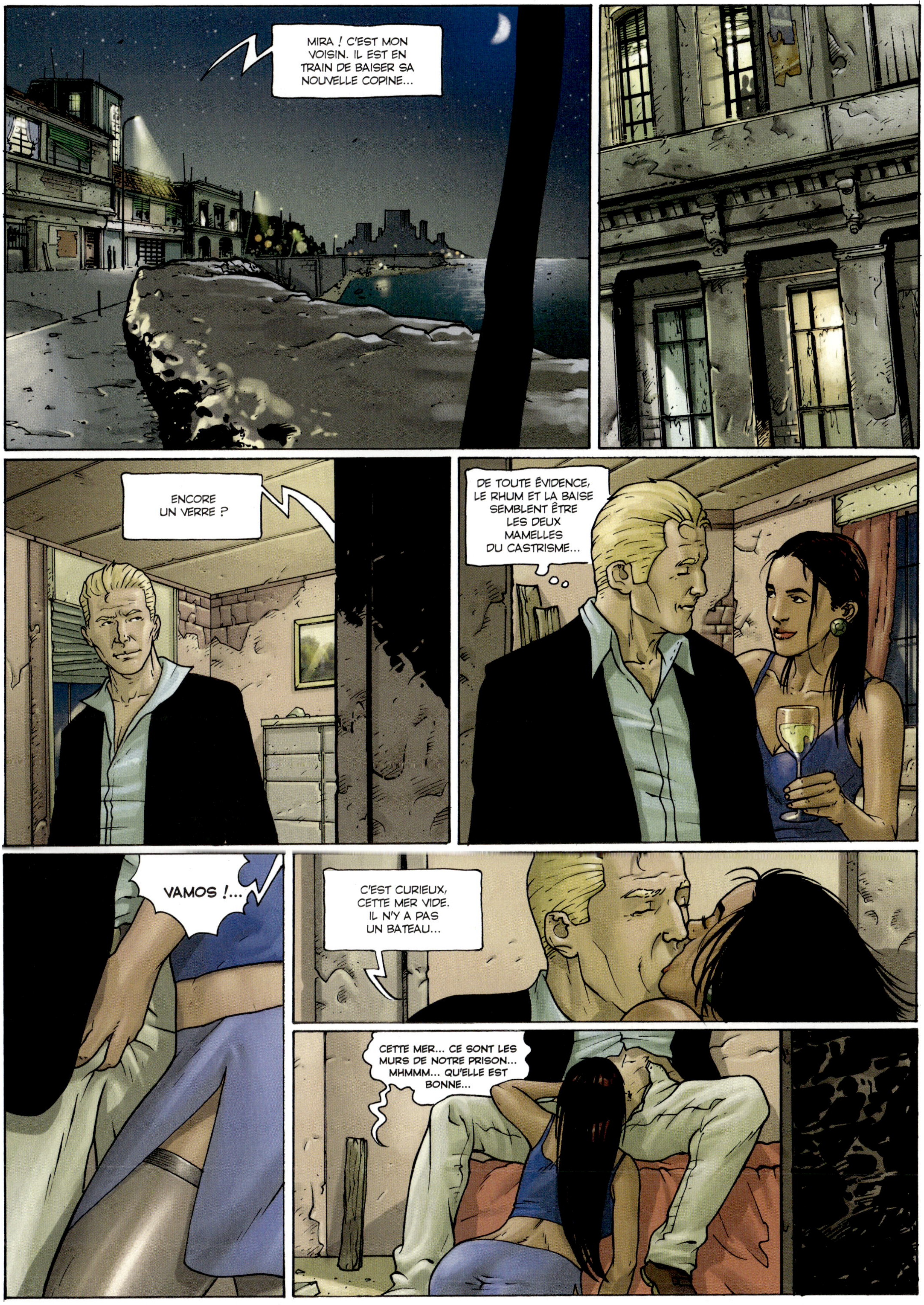
MIRA ! C'EST MON VOISIN. IL EST EN TRAIN DE BAISER SA NOUVELLE COPINE...
ENCORE UN VERRE ?
DE TOUTE ÉVIDENCE, LE RHUM ET LA BAISE SEMBLENT ÊTRE LES DEUX MAMELLES DU CASTRISME...
VAMOS !...
C'EST CURIEUX, CETTE MER VIDE. IL N'Y A PAS UN BATEAU...
CETTE MER... CE SONT LES MURS DE NOTRE PRISON... MHMMM... QU'ELLE EST BONNE...

* "ESPION SANS VISAGE".

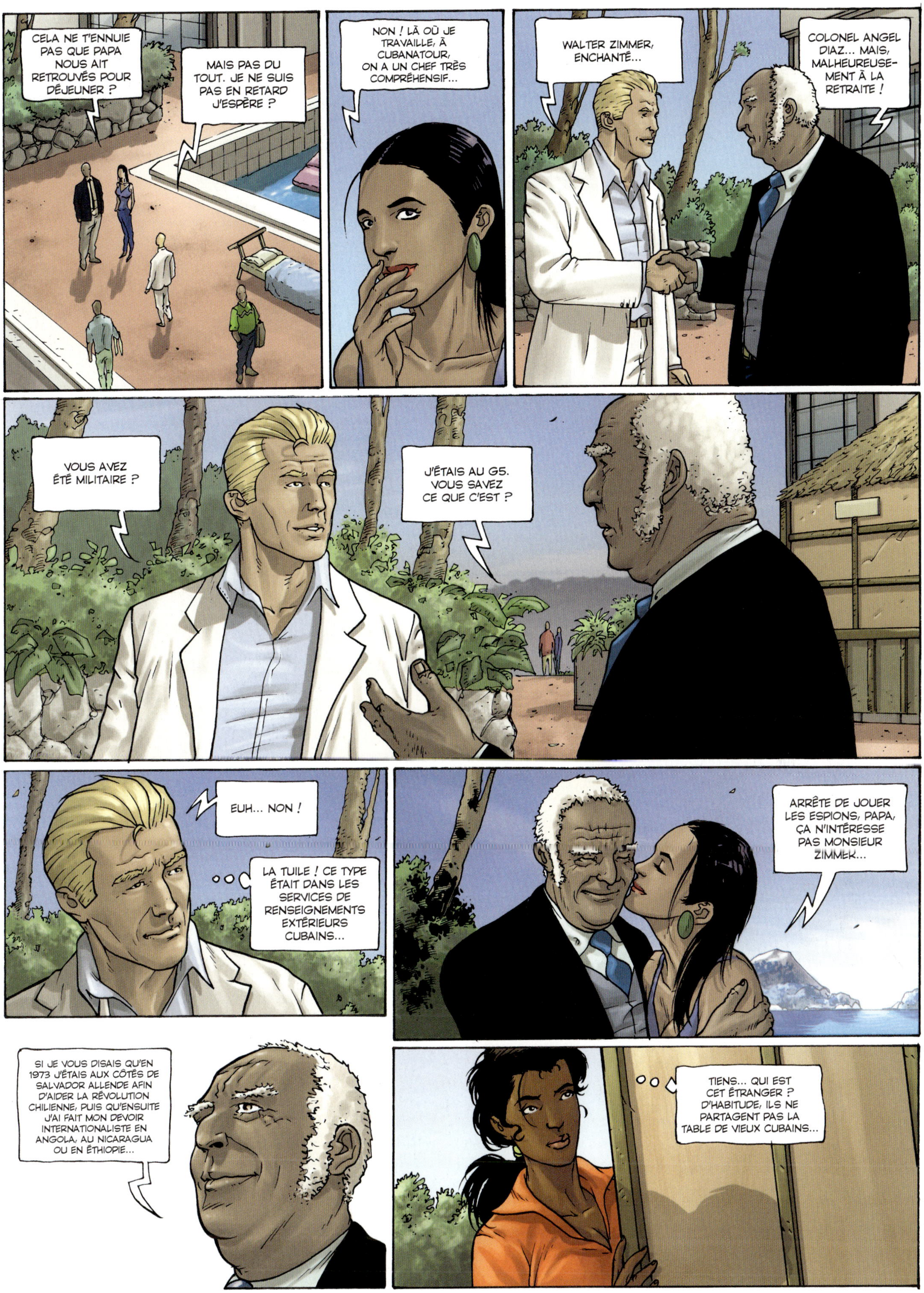
CELA NE T'ENNUIE PAS QUE PAPA NOUS AIT RETROUVÉS POUR DÉJEUNER ?
MAIS PAS DU TOUT. JE NE SUIS PAS EN RETARD J'ESPÈRE ?
NON ! LÀ OÙ JE TRAVAILLE, À CUBANATOUR, ON A UN CHEF TRÈS COMPRÉHENSIF...
WALTER ZIMMER, ENCHANTÉ...
COLONEL ANGEL DIAZ... MAIS, MALHEUREUSE-MENT À LA RETRAITE !
VOUS AVEZ ÉTÉ MILITAIRE ?
J'ÉTAIS AU G5. VOUS SAVEZ CE QUE C'EST ?
EUH... NON !
LA TUILE ! CE TYPE ÉTAIT DANS LES SERVICES DE RENSEIGNEMENTS EXTÉRIEURS CUBAINS...
ARRÊTE DE JOUER LES ESPIONS, PAPA, ÇA N'INTÉRESSE PAS MONSIEUR ZIMMER...
SI JE VOUS DISAIS QU'EN 1973 J'ÉTAIS AUX CÔTÉS DE SALVADOR ALLENDE AFIN D'AIDER LA RÉVOLUTION CHILIENNE, PUIS QU'ENSUITE J'AI FAIT MON DEVOIR INTERNATIONALISTE EN ANGOLA, AU NICARAGUA OU EN ÉTHIOPIE...
TIENS... QUI EST CET ÉTRANGER ? D'HABITUDE, ILS NE PARTAGENT PAS LA TABLE DE VIEUX CUBAINS...

MERCI POUR CE DÉJEUNER, WALTER...
SI CELA VOUS INTÉRESSE JE POURRAI VOUS PRÉSENTER CELUI QUI M'A FORMÉ ET QUI DIRIGEAIT LES OPÉRATIONS SPÉCIALES...
MERCI, COLONEL, MAIS MOI MON BUSINESS C'EST LES HEDGE FUNDS....
TAXI
BON, IL FAUT QUE JE RETOURNE À L'INTÉRIEUR. FÉDORA EST DÉJÀ ARRIVÉE !
TAXI
OH, CIELITO LINDO, CIELITO DE MIS AMORES...
THANK YOU VERY MUCH ! VENEZ DONC PRENDRE UN VERRE...
BIEN JOUÉ : TOUT VA BIEN ?
LE RENDEZ-VOUS AVEC GUEVARA EST POUR CE SOIR...

* COMITÉ DE LA RÉVOLUTION : COMITÉS DE QUARTIER QUI INFORMENT LES ORGANES DE SÉCURITÉ DE TOUT CE QUI S'Y PASSE...

MAISON DE MIGUEL BARREIRO (LA HAVANE)...
BUENOS DIAS, SEÑOR BARREIRO...
BUE... BUENOS DIAS...
MON CHEF AIMERAIT VOUS PARLER. POURRIEZ-VOUS VENIR AVEC NOUS ? C'EST CALLE SAN MIGUEL...
JE CONNAIS...
MON DIEU ! IL S'AGIT DE LA VILLA MARISTA. LE SIÈGE DE LA DGI !!
JAMAIS... JAMAIS JE N'AURAIS DÛ PRÊTER MA SECONDE VOITURE À CE PETIT CON DE CARLITO ! LA POLICIA ESPECIAL NE VA PLUS JAMAIS ME LÂCHER...
ET SI J'ALLAIS ME RÉFUGIER CHEZ LEE DICKSON ? MON "OFFICIER TRAITANT" DE LA CIA ME DOIT BIEN ÇA !...

J'Y SUIS PRESQUE...
SEÑOR.... VOUS VOUS ÊTES TROMPÉ DE CHEMIN ! JE VAIS VENIR AVEC VOUS...
UN PEU PLUS TARD. "VILLA MARISTA". SIÈGE DE LA DGI...
NOOOONNN... ARGHHHHH...
AOUMMMFF...
AHHHHHHHHHHHH...
TUNF

* PROSTITUTION..

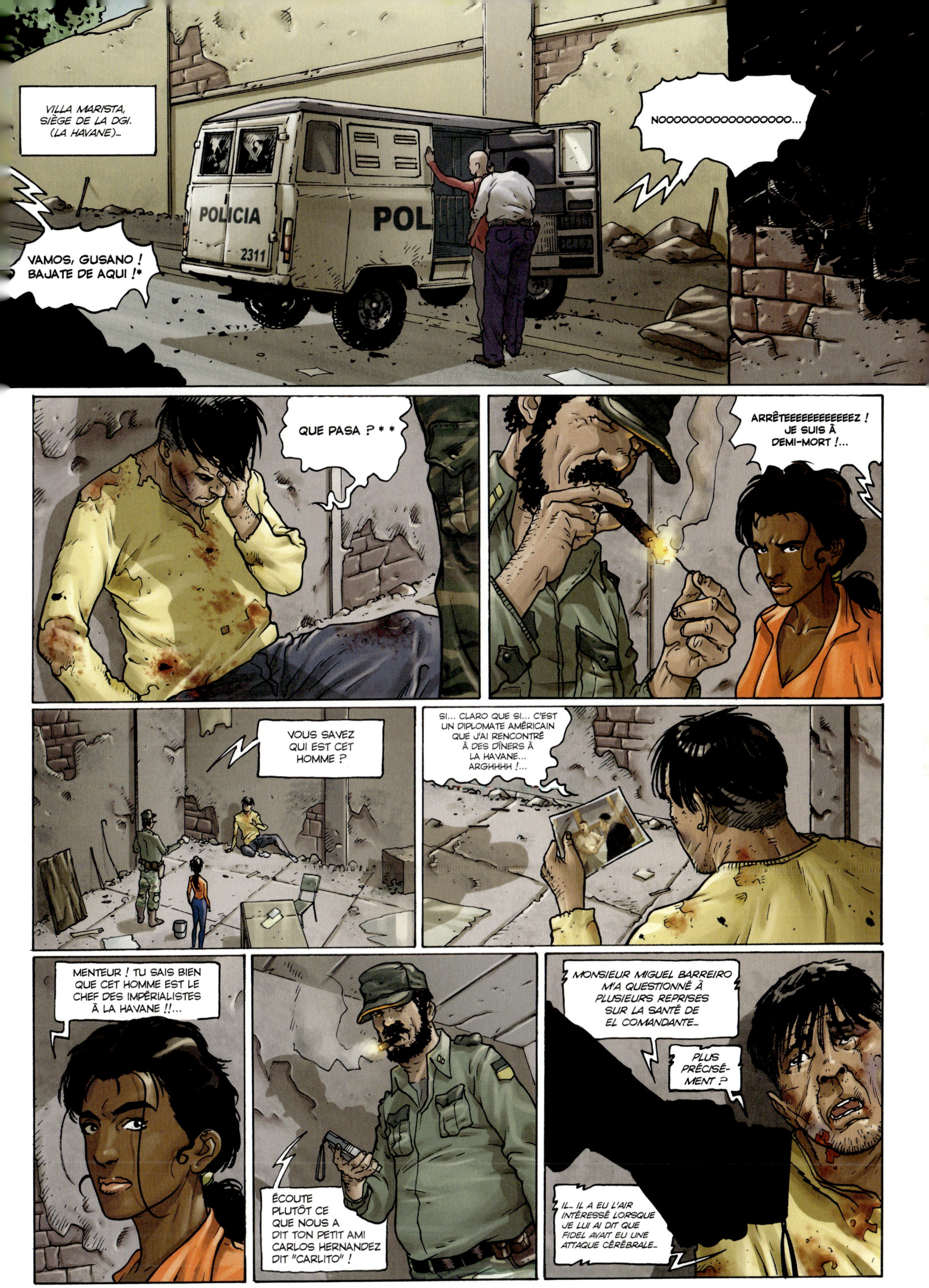

* ALLEZ, "VER DE TERRE" ! DESCENDS DE LÀ !
** QU'Y A-T-IL ?

HÔTEL HAVANA LIBRE...
MADRE MIA ... MAIS C'EST UN VRAI FILM PORNO !
DRIIING... DRIIING...
JULIO... TU SUIS LA 505 ?
OUI. ILS BAISENT COMME DES LAPINS ! TU DEVRAIS VENIR VOIR...
ALORS JE PEUX QUITTER LE HALL DE L'HÔTEL PENDANT UN MOMENT ?
NO PROBLEMO ! ILS SONT PAS PRÈS DE S'ARRÊTER...
HÉ ! TU T'ENNUIES ?
HOLA ! J'AVAIS OUBLIÉ L'HEURE DE LA RELÈVE. VIENS VOIR !

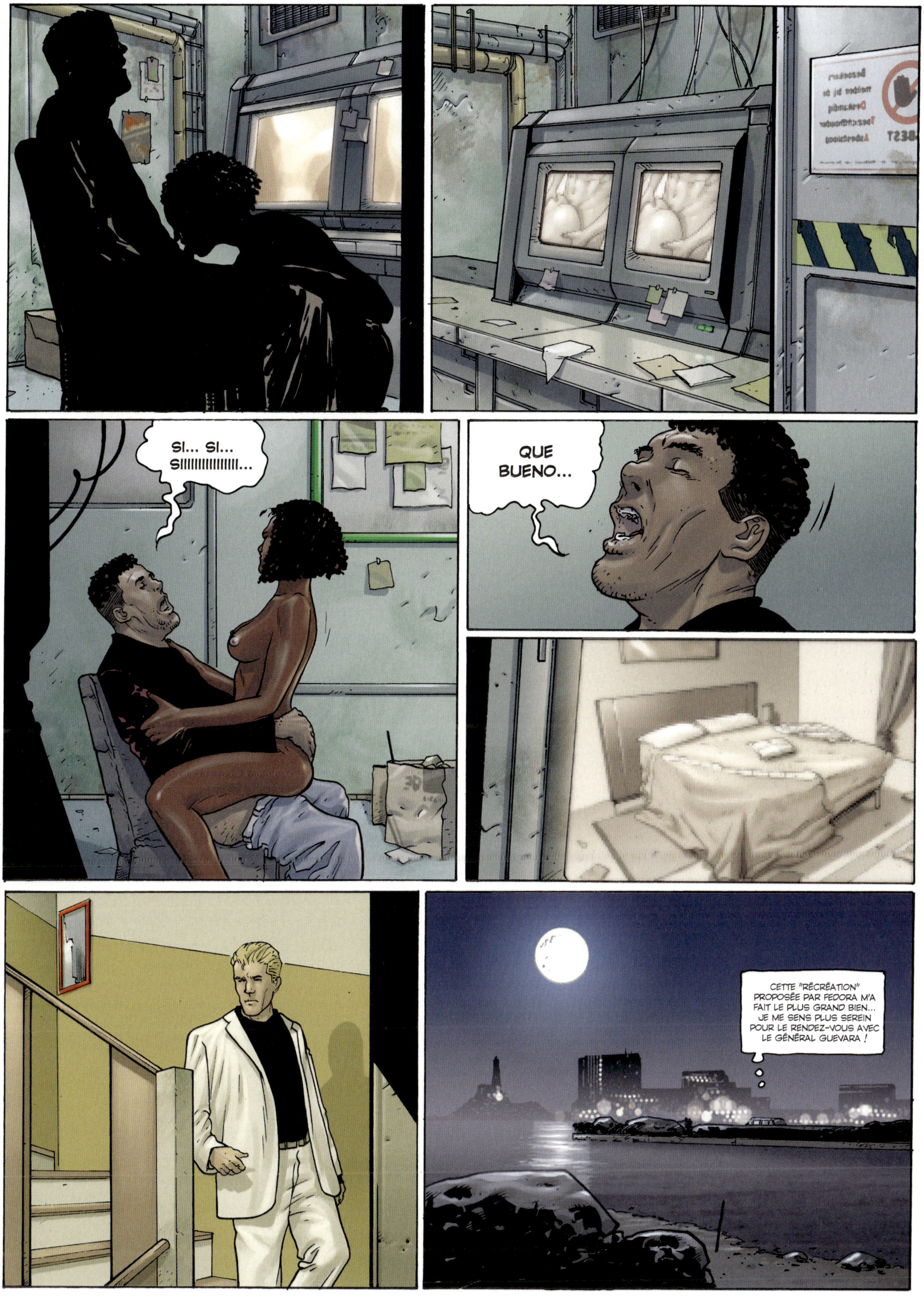
SI... SI... SIIIIIIIIIIIII...
QUE BUENO...
CETTE "RÉCRÉATION" PROPOSÉE PAR FEDORA M'A FAIT LE PLUS GRAND BIEN... JE ME SENS PLUS SEREIN POUR LE RENDEZ-VOUS AVEC LE GÉNÉRAL GUEVARA !

PILE À L'HEURE...
QU'EST-CE QUE VOUS VOULEZ ?
JE CHERCHE JOAQUIM LE FOSSOYEUR...
SUIVEZ-MOI ! ET FAITES-VOUS DISCRET...
QU'EST-CE QUE C'EST ?
UNE BANDE DE FREAKS. ILS VIENNENT DE TEMPS EN TEMPS POUR UNE "FIESTA". JE LEUR VENDS DU RHUM ET ÇA LES EXCITE D'ÊTRE ICI...
VOUS PORTEZ UN MICRO ?
NON !
JE DOIS VOUS FOUILLER QUAND MÊME !

MONSIEUR, CETTE LETTRE DE VOTRE PRÉSIDENT EST UNE MARQUE D'ESTIME QUE J'APPRÉCIE BEAUCOUP, MAIS VOTRE PAYS N'INTERVIENDRA PAS AFIN DE NOUS DÉBARRASSER DU DICTATEUR QUE NOUS SUBISSONS DEPUIS DE TROP LONGUES ANNÉES...
PAS DIRECTEMENT, GÉNÉRAL GUEVARA. MAIS LE PRÉSIDENT VOUS DONNE L'ASSURANCE QUE SI VOUS PARVENEZ À PRENDRE LE POUVOIR À CUBA VOTRE GOUVERNEMENT SERA IMMÉDIATEMENT RECONNU PAR LES ÉTATS-UNIS !
NOUS N'EN SOMMES PAS ENCORE LÀ...
SI MON GOUVERNEMENT A PRIS LE RISQUE DE M'ENVOYER ICI, C'EST QU'IL Y A UN FAIT NOUVEAU QUI DOIT ÊTRE EXPLOITÉ IMMÉDIATEMENT...
SAVEZ-VOUS QUE FIDEL CASTRO A ÉTÉ VICTIME D'UNE ATTAQUE CÉRÉBRALE ET QU'IL EST ENTRE LA VIE ET LA MORT ?
À QUAND REMONTE CETTE ACCIDENT ?
À UN PEU PLUS DE QUINZE JOURS...
GÉNÉRAL, SI JE VOUS APPORTE LA PREUVE DE SA MORT, POUVEZ-VOUS RASSEMBLER ASSEZ D'HOMMES AUTOUR DE VOUS POUR VOUS ASSURER DU POUVOIR ?
OUI. NOMBRE DE MES CAMARADES DES FORCES ARMÉES SONT ÉCŒURÉS. NOTRE MATÉRIEL RUSSE EST OBSOLÈTE MAIS IL FAUDRA AGIR VITE ET QUELQUES ROQUETTES TIRÉES PAR MES HÉLICOPTÈRES SUR LE MINISTÈRE DE L'INTÉRIEUR ET SUR LA TÉLÉVISION DEVRAIENT CALMER LES CASTRISTES LES PLUS FANATIQUES...

LENDEMAIN MATIN
VILLA MARISTA.
SIÈGE DE LA DGI...
VOUS ÊTES SÛR DE VOUS, COLONEL DIAZ ?
COMPAÑERA, J'AI TRAVAILLÉ PENDANT 30 ANS AU G5 ET LES ESPIONS JE SAIS LES RECONNAÎTRE...
AVEZ-VOUS NOTÉ SON NOM ?
CLARO QUE SI !... WALTER ZIMMER. IL A UN PASSEPORT CANADIEN ET HABITE...
WALTER ZIMMER
CHAMBRE 804, HOTEL NACIONAL
JE SAIS OÙ ! MERCI POUR VOS INFORMATIONS, COLONEL. JE VAIS VOUS FAIRE RACCOMPAGNER...
C'EST LUI ! J'EN SUIS CERTAINE. DE PLUS, IL Y A UN TROU DE TROIS HEURES DANS SON EMPLOI DU TEMPS D'HIER SOIR...
CIENFUEGOS A BIEN INSISTÉ SUR L'IMPORTANCE DE CETTE MISSION. JE DOIS LA RÉUSSIR À TOUT PRIX...
TOC
TOC
OUI ! ENTREZ !...
BON... BONJOUR COMPAÑERA...
ASSIEDS-TOI ! AS-TU FAIT CE QUE L'ON T'A ORDONNÉ L'AUTRE FOIS ?
OUI ! MAIS JE NE LE REFERAI PAS. SI LES AMÉRICAINS APPRENNENT QUE JE LEUR LAISSE DES FAUX MESSAGES, ILS VONT ME TUER !
MAKUMÉ ! JE VAIS TE TUER !!
TU VAS ÉCRIRE EXACTEMENT CE QUE JE VAIS TE DICTER ! ET PEUT-ÊTRE QUE TU GARDERAS TES COUILLES. COMPRIS ?!

DEUX JOURS PLUS TARD...
LEE ?...
OUI... LA MORT BIOLOGIQUE VA ÊTRE ANNONCÉE DANS LES 48 HEURES !
VOUS ÊTES SÛR DE VOTRE SOURCE "IGLESIA" ?
CERTAIN ! LE MESSAGE NE PEUT PAS ÊTRE PLUS EXPLICITE. TRANSMETTEZ DONC À VOTRE CONTACT...
ÇA TOMBE MAL... LE FOSSOYEUR EST HORS DE LA HAVANE POUR UNE SEMAINE. PAR QUI VAIS-JE PRÉVENIR GUEVARA ?
ALORS ?...
ON RENTRE AU...
BUENOS DIAS. VOUS POURRIEZ M'EMMENER AU CENTRE VILLE ?
BIEN SÛR... MONTEZ...
PAR HASARD, VOUS NE PASSEZ PAS PAR LE NACIONAL ?
CELA EST POSSIBLE...

REGARDEZ ! CE SONT DES COHIBA. 2 DOLLARS PIÈCE. JE TRAVAILLE À LA FABRIQUE PARTAGAS ET JE PEUX VOUS EN AVOIR AUTANT QUE VOUS LE SOUHAITEZ...
JE VOUS REMERCIE MAIS JE NE FUME PAS...
J'AI VRAIMENT BESOIN D'ARGENT, VOUS SAVEZ. MON FRÈRE À LE SIDA ET...
MERCI, SENORITA, MAIS NOUS SOMMES ARRIVÉS...
TENEZ... ET À UNE PROCHAINE FOIS...
MUCHAS GRACIAS ! JE SUIS SOUVENT À LA PISCINE DU NACIONAL OU DU HAVANA LIBRE...
TU SAIS, MALKO, CETTE PETITE NE DOIT PAS VENDRE QUE DES CIGARES... TU AS VU SES YEUX, ILS NAGENT DANS LE SPERME !
VIVEMENT QUE TOUT CELA SOIT TERMINÉ. MAIS JE N'AI PAS D'AUTRE SOLUTION QUE D'ENVOYER LA JOLIE BEATRIZ CHEZ GUEVARA...
J'AI RENCONTRÉ LE PREMIER SECRÉTAIRE DE L'AMBASSADE RUSSE ET IL S'AGIT D'UN ANCIEN AGENT DU KGB QUI A TOUJOURS VOULU ME SAUTER...
AHHH...
ON NE SAIT JAMAIS. EN CAS DE SOUCIS, IL POURRAIT NOUS ÊTRE UTILE...

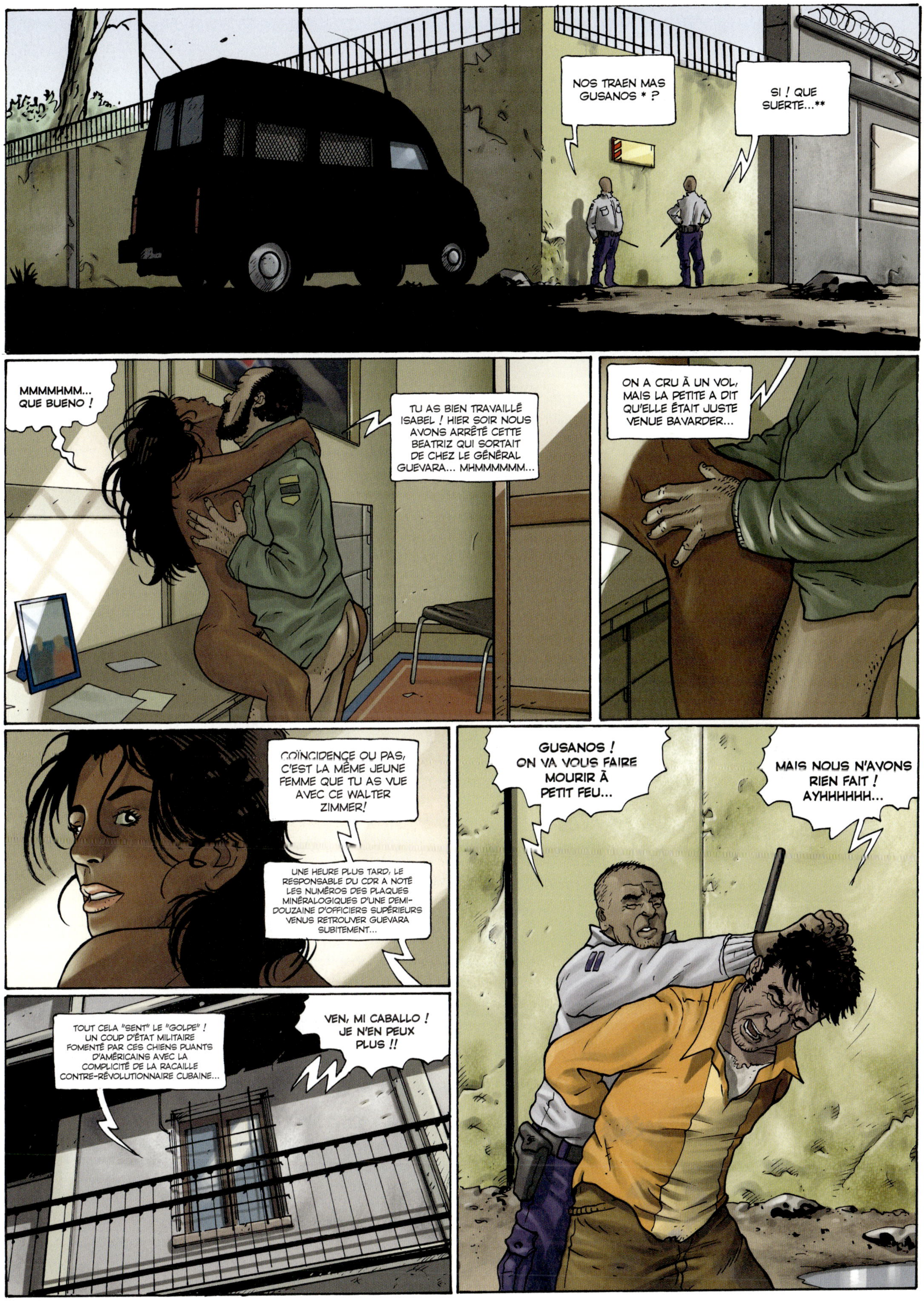

* ON NOUS APPORTE D'AUTRES OPPOSANTS ?

** OUI ! QUELLE CHANCE...

* TROUPES D'ÉLITE DÉVOUÉES AU RÉGIME.

* MAUDIT SOIS-TU !

* PROSTITUTION.

** FIANCÉ.

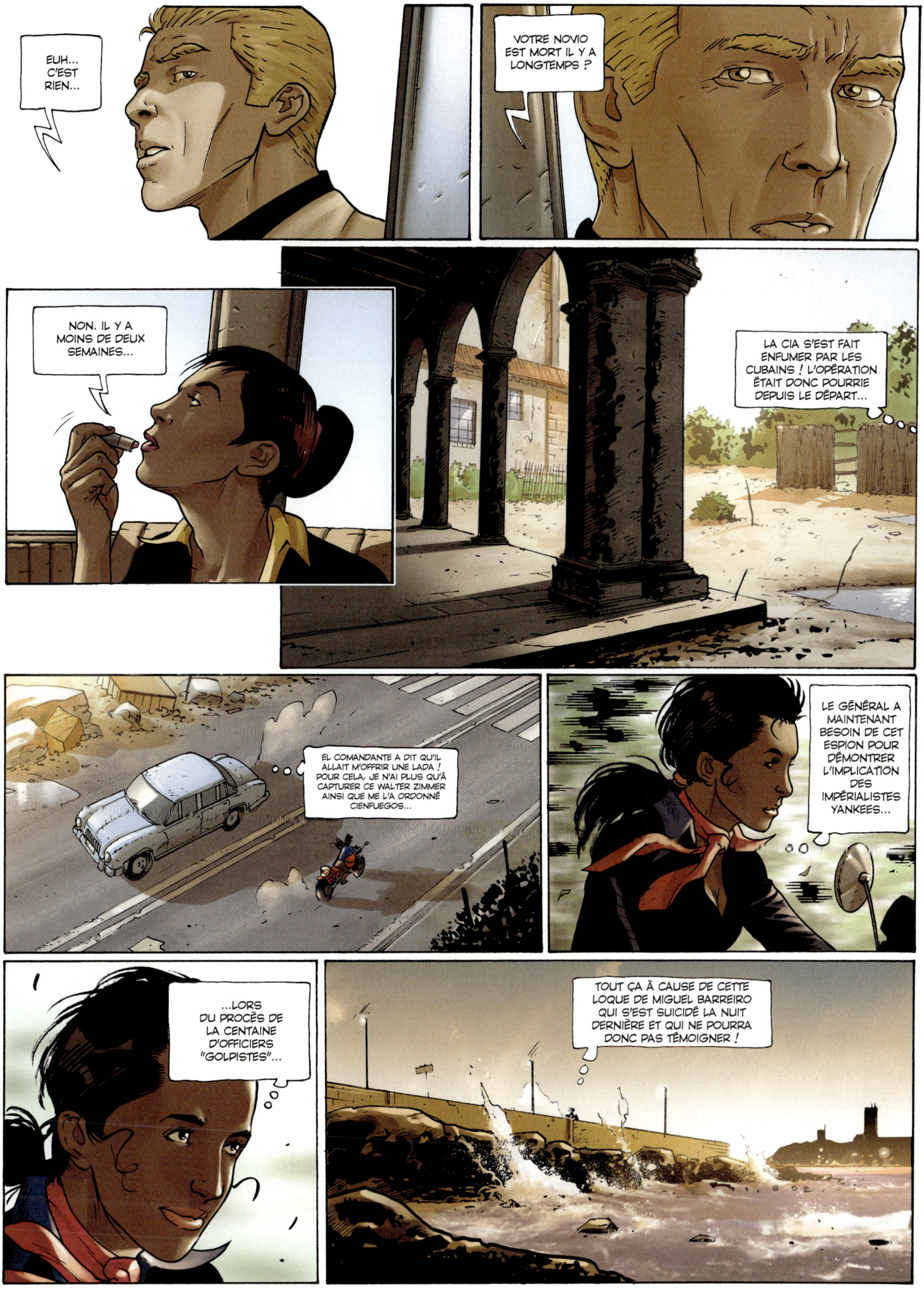
EUH... C'EST RIEN...
VOTRE NOVIO EST MORT IL Y A LONGTEMPS ?
NON. IL Y A MOINS DE DEUX SEMAINES...
LA CIA S'EST FAIT ENFUMER PAR LES CUBAINS ! L'OPÉRATION ÉTAIT DONC POURRIE DEPUIS LE DÉPART...
EL COMANDANTE A DIT QU'IL ALLAIT M'OFFRIR UNE LADA ! POUR CELA, JE N'AI PLUS QU'À CAPTURER CE WALTER ZIMMER AINSI QUE ME L'A ORDONNÉ CIENFUEGOS...
LE GÉNÉRAL A MAINTENANT BESOIN DE CET ESPION POUR DÉMONTRER L'IMPLICATION DES IMPÉRIALISTES YANKEES...
...LORS DU PROCÈS DE LA CENTAINE D'OFFICIERS "GOLPISTES"...
TOUT ÇA À CAUSE DE CETTE LOQUE DE MIGUEL BARREIRO QUI S'EST SUICIDÉ LA NUIT DERNIÈRE ET QUI NE POURRA DONC PAS TÉMOIGNER !

EL COMANDANTE S'ADRESSERA DEMAIN À LA NATION AFIN DE RÉVÉLER COMMENT IL A DÉJOUÉ UNE NOUVELLE TENTATIVE DE WASHINGTON DE S'ATTAQUER À NOTRE RÉVOLUTION...
SON OF BITCH ! CET ENFOIRÉ NOUS A MENÉS EN BATEAU DEPUIS LE DÉBUT ! ET J'ÉTAIS POURTANT SÛR DE LA FIABILITÉ DE MA SOURCE "IGLESIA"...
AVEC UNE HISTOIRE PAREILLE JE VAIS ME FAIRE VIRER DE L'AGENCE... 'FAUT D'AILLEURS QUE JE LES PRÉVIENNE...
VOYONS... "LA HAVANE, 8HO2. CE MESSAGE ANNULE TOUS LES PRÉCÉDENTS. FIDEL CASTRO EST EN PARFAITE SANTÉ ET DOIT PRONONCER UN DISCOURS DEMAIN À 6 HEURES, EASTERN STANDART TIME"...
UN PEU PLUS TARD. AMBASSADE DE RUSSIE (LA HAVANE)...
AHAAANN... HAAAAAAAAAA...
C'EST BON EVGUENI ? TU AS EU CE QUE TU VOULAIS ?
DA !
J'ATTENDAIS CELA DEPUIS SI LONGTEMPS...
EN ÉCHANGE, TU N'OUBLIES PAS LE SERVICE QUE TU M'AS PROMIS...
OUI. JE VAIS EN PARLER AVEC LE CHEF D'ANTENNE DE LA CIA QUI VIENT À LA RÉCEPTION DE TOUT À L'HEURE. MAIS C'EST À LANGLEY D'EN FAIRE LA DEMANDE À MOSCOU...

LENDEMAIN SOIR...
DALIA, SI JE RESTE ENCORE UNE NUIT CELA PEUT DEVENIR TRÈS DANGEREUX POUR TOI ! LA POLICIA ESPECIAL ME RECHERCHE...
COMANDANTE, ORDENE
QU'EST-CE QUE TU FAIS À CUBA ? TU N'ES PAS UN TOURISTE...
NON ! J'AI AIDÉ UNE TENTATIVE DE GOLPE MAIS CELA A DÛ MAL TOURNER. TU N'AS ENTENDU PARLER DE RIEN ?...
ICI ON NE SAIT JAMAIS RIEN. LA TÉLÉ A DIT QU'EL COMANDANTE ALLAIT PARLER CE SOIR À SIX HEURES. C'EST TOUT...
FIDEL CASTRO VA PARLER ?
TU PEUX LE REGARDER SI TU VEUX MAIS IL DIT TOUJOURS LA MÊME CHOSE... UN VERRE DE RHUM?
POLICIA
VOUS DEVEZ BIEN REFERMER CES NOUVELLES COCOTTES-MINUTE QUE NOUS AVONS IMPORTÉES DE CHINE. ON M'A RAPPORTÉ AUSSI QUE LES RÉFRIGÉRATEURS FABRIQUÉS PAR L'USINE CHE GUEVARA DE SANTA CLARA AVAIENT DES JOINTS DÉFAILLANTS. JE VOUS ANNONCE DONC QUE J'AI COMMANDÉ UN CAOUTCHOUC SPÉCIAL AFIN QUE LE PEUPLE CUBAIN CONTINUE À ÉCONOMISER DE L'ÉNERGIE...

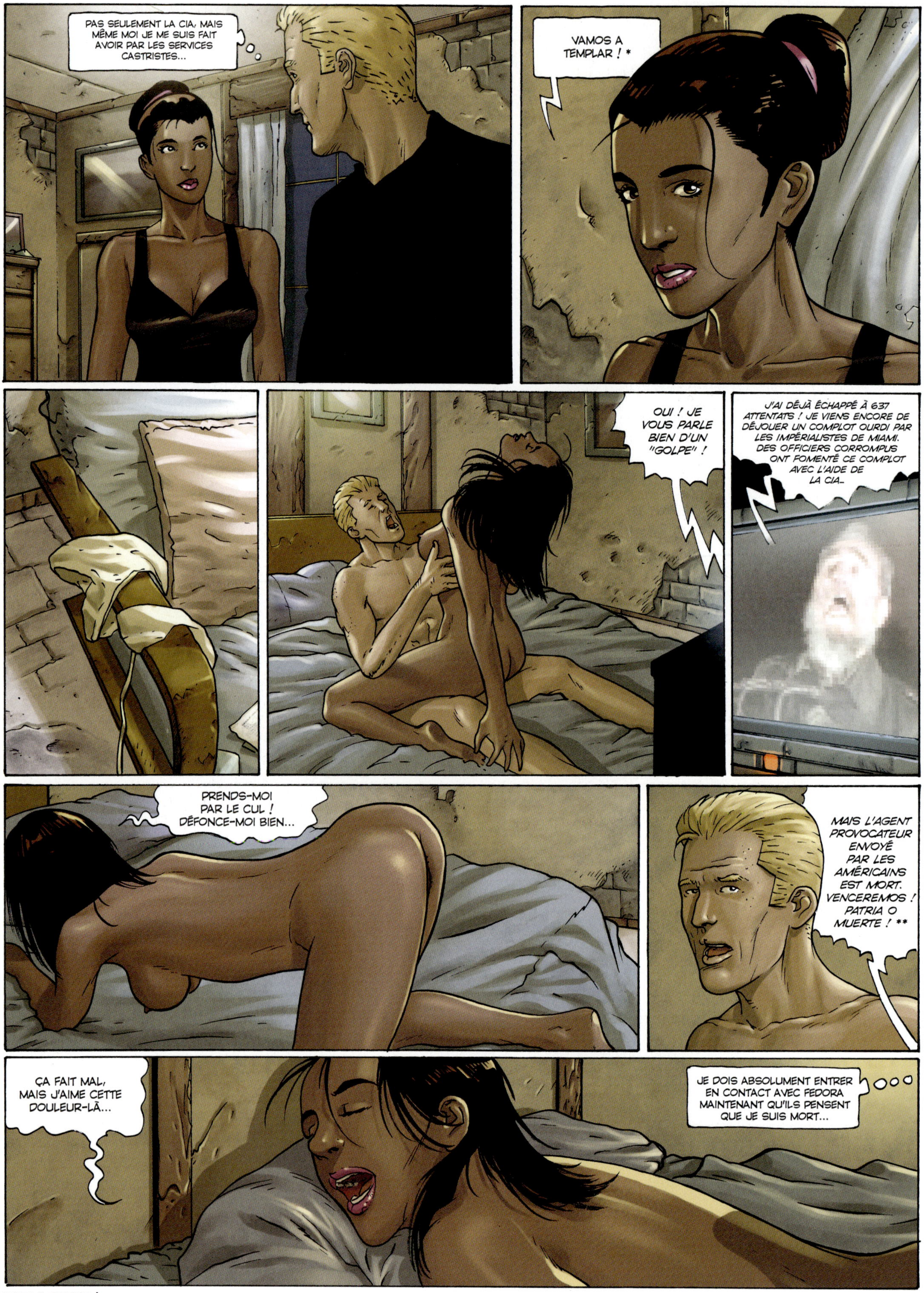

* ON VA BAISER !
** NOUS VAINCRONS ! LA PATRIE OU LA MORT !

PERFECTO ! L'ÉCRAN DE FUMÉE MIS EN PLACE VA PARFAITEMENT FONCTIONNER...
MÊME S'IL SEMBLE AVOIR DISPARU, JE VAIS TE LE TROUVER, CET ESPION... VIENS, MI CABALLO !
JE TE FAIS CONFIANCE, MI CONEJITA, MAIS RESSERRE L'ÉTAU AUTOUR DE CETTE RUSSE AVEC QUI IL ÉTAIT PENDANT UN MOMENT...
MHMMMM...
C'EST TA MEILLEURE PISTE !
CELLE-LÀ, SI TU DOIS L'INTERROGER... JE VEUX ÊTRE LÀ !

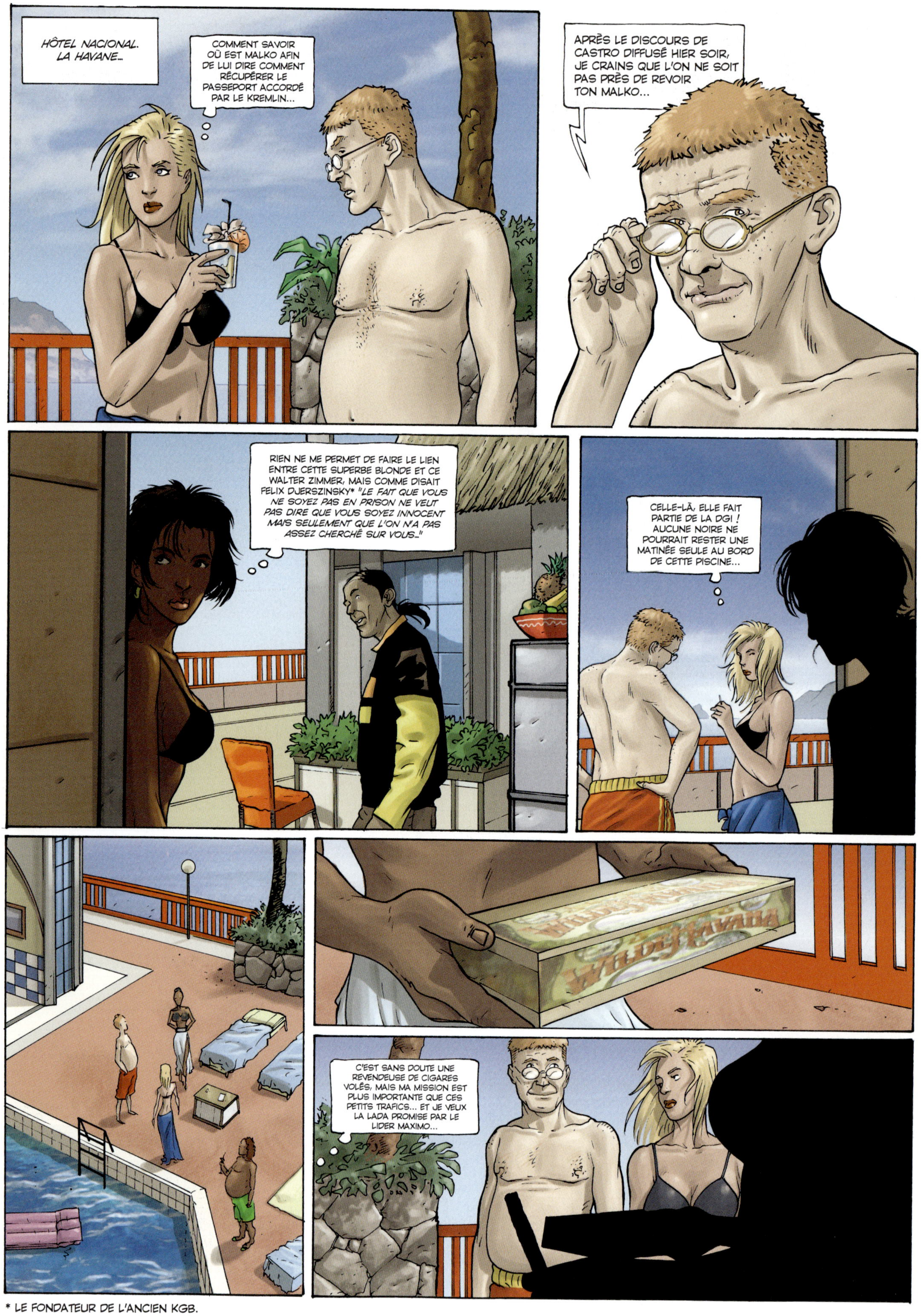

* LE FONDATEUR DE L'ANCIEN KGB.

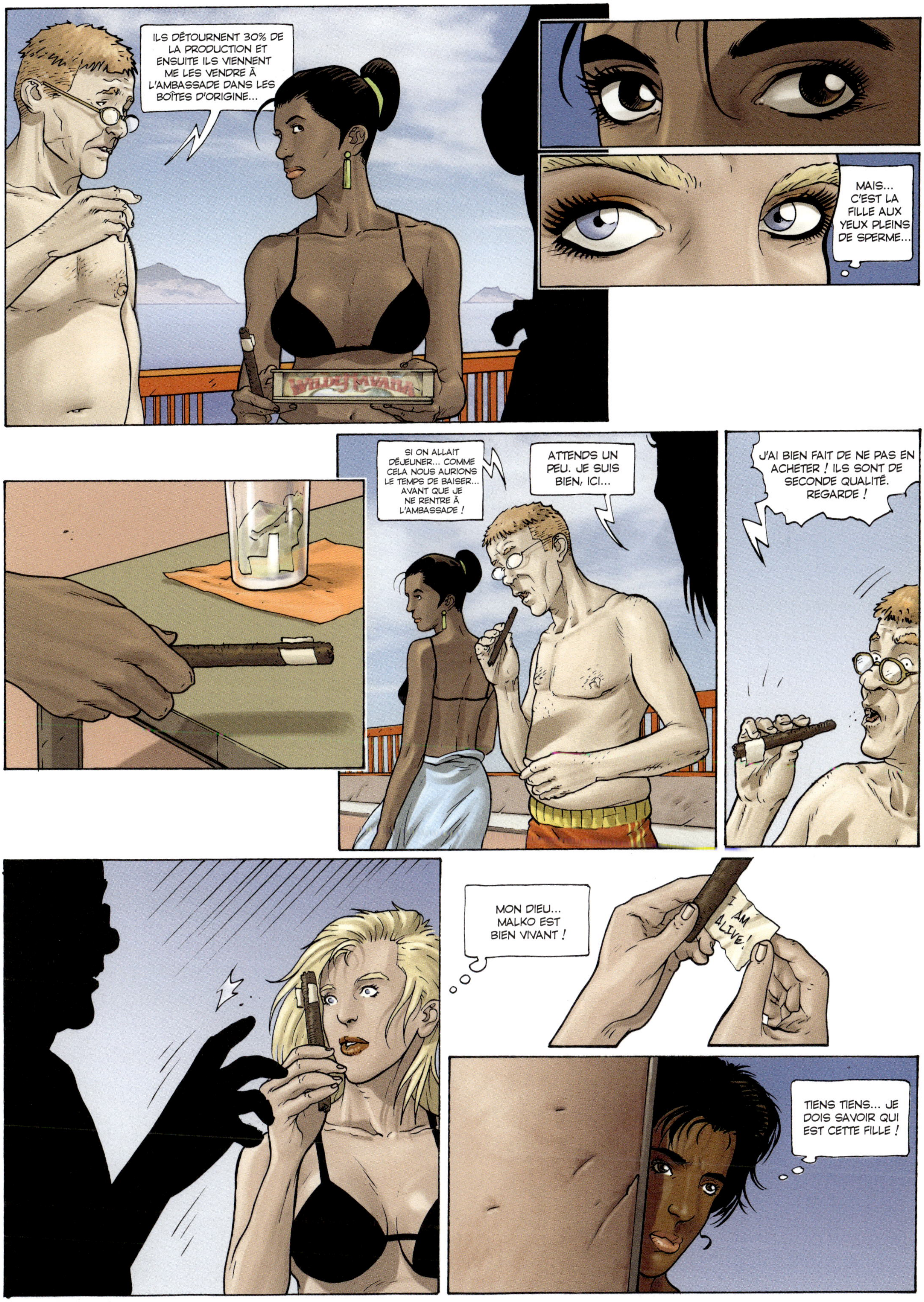
ILS DÉTOURNENT 30% DE LA PRODUCTION ET ENSUITE ILS VIENNENT ME LES VENDRE À L'AMBASSADE DANS LES BOÎTES D'ORIGINE...
MAIS... C'EST LA FILLE AUX YEUX PLEINS DE SPERME...
SI ON ALLAIT DÉJEUNER... COMME CELA NOUS AURIONS LE TEMPS DE BAISER... AVANT QUE JE NE RENTRE À L'AMBASSADE !
ATTENDS UN PEU. JE SUIS BIEN, ICI...
J'AI BIEN FAIT DE NE PAS EN ACHETER ! ILS SONT DE SECONDE QUALITÉ. REGARDE !
MON DIEU... MALKO EST BIEN VIVANT !
I AM ALIVE !
TIENS TIENS... JE DOIS SAVOIR QUI EST CETTE FILLE !

LENDEMAIN MATIN, VIEUX QUARTIERS DE LA HAVANE...
LA VOILÀ !
BITCHA !
ELLE EST SUIVIE PAR LA NOIRE DE LA PISCINE...
IL NE FAUT PAS QU'ELLE METTE LA MAIN SUR LE PASSEPORT, LA TEINTURE POUR LES CHEVEUX ET LES VÊTEMENTS PRÉPARÉS PAR L'AMBASSADE...
JE NE VOIS PAS D'AUTRES SEGUROSOS DANS LE COIN... ALLEZ !

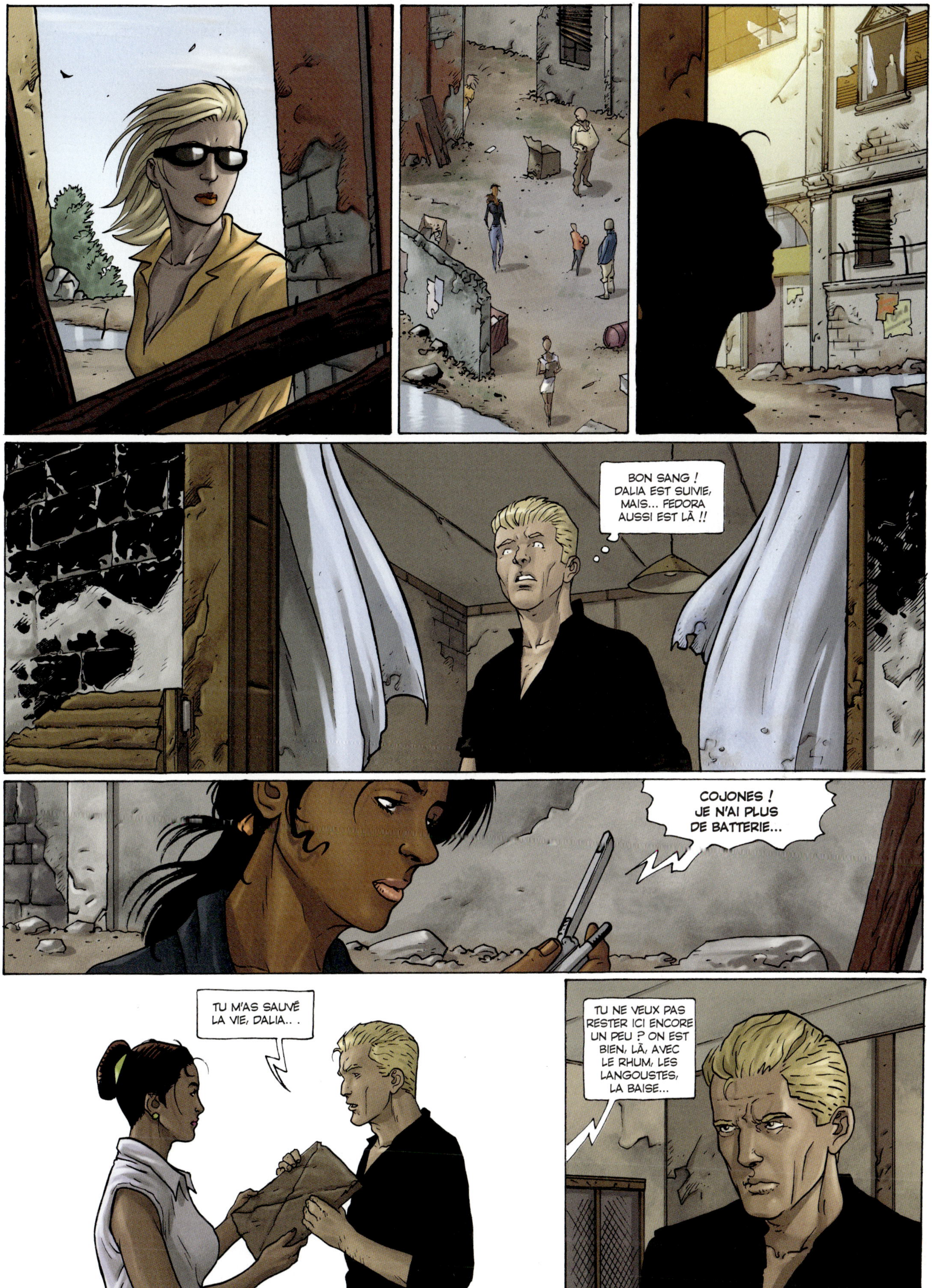
BON SANG ! DALIA EST SUIVIE, MAIS... FEDORA AUSSI EST LÀ !!
COJONES ! JE N'AI PLUS DE BATTERIE...
TU M'AS SAUVÉ LA VIE, DALIA.. .
TU NE VEUX PAS RESTER ICI ENCORE UN PEU ? ON EST BIEN, LÀ, AVEC LE RHUM, LES LANGOUSTES, LA BAISE...

DÉSOLÉE ...
... MAIS MALKO PREND SON AVION...
... DANS MOINS D'UNE HEURE !
FIN

7000 KMS D'ANGOISSE
ENTRE PYONGYANG ET BANGKOK

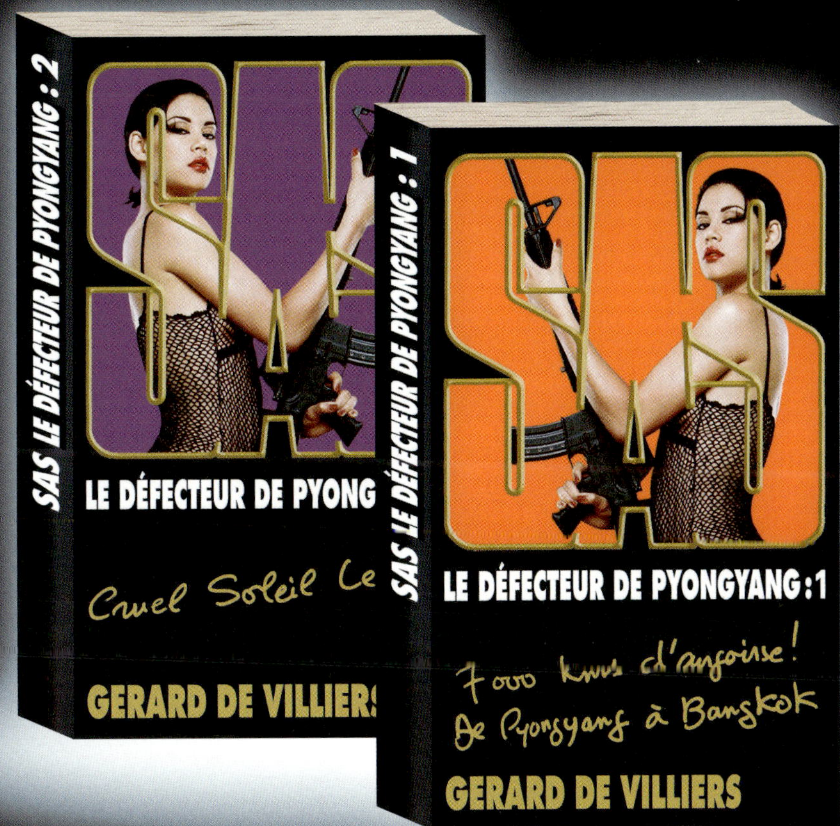

SAS LE DÉFECTEUR DE PYONGYANG

2 ROMANS
DISPONIBLES EN LIBRAIRIE

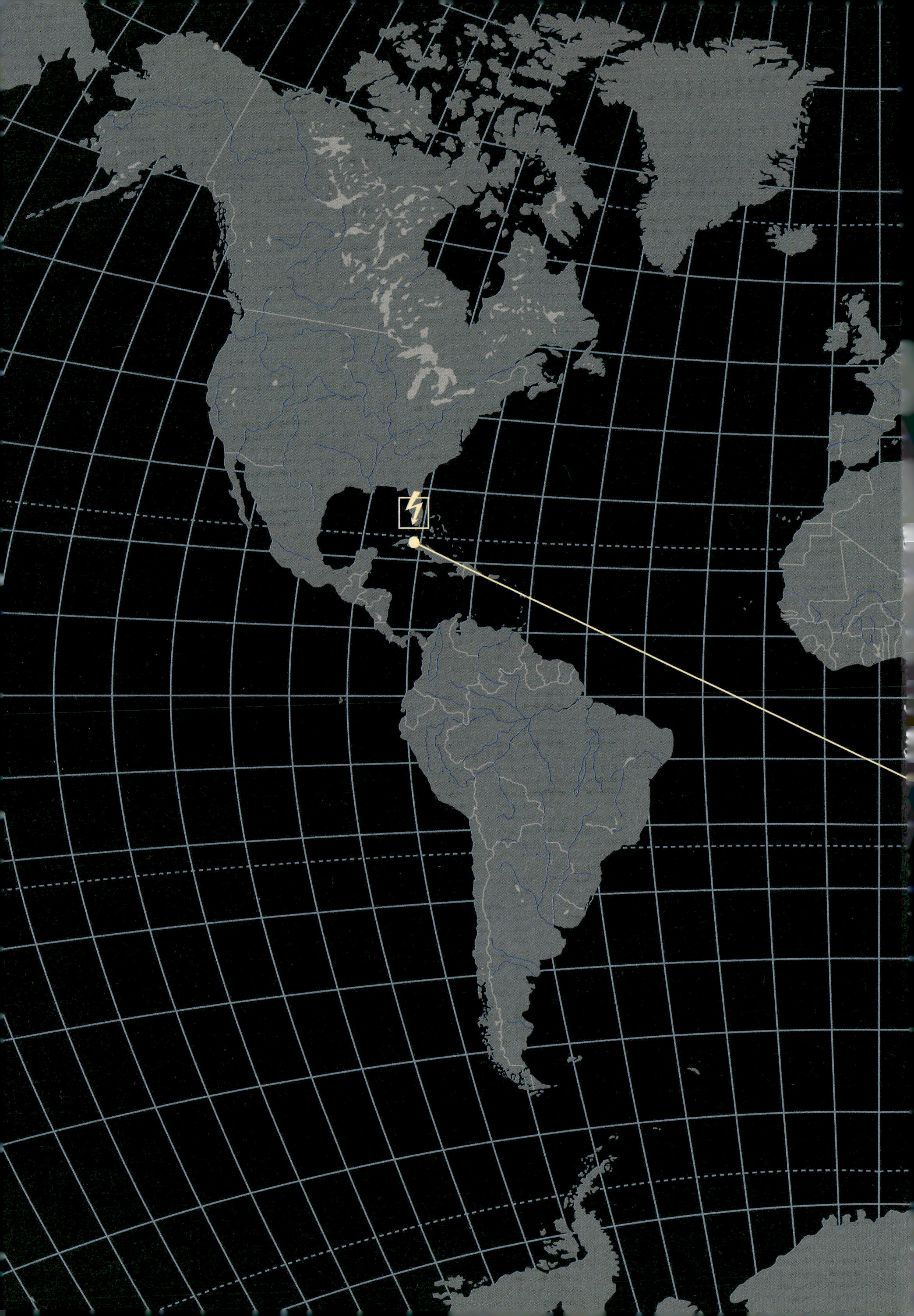